오래 들여다본다

오래 들여다본다

권 지 숙   시 집

창비

차 례

제1부 ___

용산성당 010

게를 잡다 012

삼복 013

밤의 편의점 014

슬픈 영화 016

그 많던 비둘기는 어디로 갔을까 017

그가 보고 있다 018

나비, 날아가고 020

베다니 집 021

그가 부르시면 022

길 023

손으로 읽다 024

고백 025

비구상으로 026

감기 027

밤길 028

첫눈 030

조감도 031

아버지는 웃고 계시고 032

그리운 밤섬 033

제2부 ___

오후에 피다 036

영혼이 없었으면 좋겠다 037

먼 하루 038

언덕에서 040

새 041

봄 봄 042

이승의 개똥밭에서 043

빈 길 044

양수리 045

가벼운 생 046

초승달 047

먼 길 048

장마 049

씌어지지 않는 연애시 050

임종 051

길 위에서 052

편두통 053

금산사 054

시가 내게 오지 않았다 055

제3부 ___

결산 058

그대는 누구인가 060

김포 바람 062

실눈 뜨고 063

낙화 064

흉몽 066

유리창을 닦으며 068

불면 070

달의 행로 071

변명 072

꿈 밖에는 074

거리에서 076

판토마임 078

겨울 산 080

비인에서 082

가로수 084

동작동에서 085

야행기 1 088

야행기 2 089

야행기 3 091

야행기 4 092

야행기 5   094

아우를 위하여   096

해설 | 염무웅   100

시인의 말   117

제1부

용산성당

해질녘 용산성당 성직자 묘지
돌계단에 주저앉아 지는 해 바라본다
아득하다!
산 자보다 죽은 자 가운데 있을 때
편안하다
나의 고해성사는 경건함으로 떨린다
내 탓이오 내 탓이오 다 내 탓이로소이다
하얀 로만 칼라의 낯익은 이름들, 요셉 베네딕또 안드레
아……
무덤가를 맴도는 그레고리안 성가
그들의 강해 소리 낮게 들리고
눈 아래 저잣거리는 저세상처럼 아득하다
절두산 너머 금빛 강물
삼호정 언덕 백년도 더 된 느티나무 잎이
늦은 노을에 붉어지는 짧은 순간
묘지 위에 알 수 없는 술렁거림
산 자들의 지붕이 일순 선명해진다
아무도 아직 불을 켜지 않을 무렵

성당 앞 성모상 아래 누가

촛불 하나 들고 간다

게를 잡다

아무도 없다 깜깜하게 닫아놓은 커튼 틈새 먼지 사이를 비집고 도둑처럼

눈 번득이며 햇살 한줄기 집 안으로 들어온다 날카로운 햇살을 피해

웅크리고 눈 크게 뜨고 앉아 벽에 걸린 이중섭의 게…… 아무도 없다

게 한 마리 작은 눈 빛내며 액자 밖으로 다그락다그락 기어나온다

뒤따라 한 마리 또 한 마리…… 순식간에 마룻바닥을 다그락거리며 게들이

기어다니는 소리 아무도 없다 깜빡이지도 못하고 크게 뜬 눈 오므린 발가락

위로 게들이 흘린 눈물거품 한 방울 또 한 방울……

눈물바다 속으로 다리 걷고

들어가 게를 잡는다 아무도 없다

삼복

하루가 먼 산허리마냥 지루하다

여름은 순식간에 왔다가 느릿느릿 지나가고

놀이터의 아이들도 어느새 다 자라 버마재비같이 다리만
길어졌다

날카로운 햇살이 흉기처럼 두렵다

낯설기만 한 내 집 발도 머리도 둥둥 떠다니고

손에 잡히는 건 잘게 부서져 낭자한 바닥 그 위를 경중경
중 뛴다

밖엔 늙은 개 한 마리 땀 같은 피 흘리고 있다

밤의 편의점

밤은 지키는 자의 것
한밤중 지친 꿈길 위의 모퉁이
어둠을 제압하는 하얀 불 활짝 켜고
턱 고이고 노려보고 있죠
불쑥, 침입자가 구원처럼 나타나면
드르르륵, 냉장고가 진저리를 치고
하루 25시간 AM에서 PM까지
야맹증의 시간들을
초록 눈의 고양이와 함께 눈에 불을 켜고
속수무책으로 지켜요
말할 수 없는 비애의 순간들
안개가 스멀스멀 스스로를 지우며
도시의 지붕 위를 두리번거릴 즈음
중천에서 떠돌던 자들도 어슬렁어슬렁 주문을 외며
돌아와요 공복의 텅 빈 길 위에도
사막 같은 아침이 오기는 오겠죠
푸른 달빛이 찬 길바닥에 얼룩처럼 스며들 때
살찐 남자 하나 계단에 드러누워

상형문자로 불안한 잠꼬대를 하고
마침내 도시의 아침은 모퉁이에 숨어 기다려요
밤은 찾는 자의 것
당신은 모르죠?

슬픈 영화

여자는 영화를 본다 영화 속의 여자가 운다
오버랩되는 시커먼 눈물,
여자는 구두를 벗어들고 슬로우모션으로 달린다
까페, 반달 같은 노란 레몬이 걸린 칵테일을
주르륵 머리 위에 쏟으며 여자는
끅끅끅 웃는다
이게 내 사랑의 마지막 씬이야
삑삑삑 노란 휴대폰을 꾹꾹 누른다
"너의 발가락이 보고 싶어"
여자는 핸드백을 총처럼 메고 거리로 나선다
레몬 조각 같은 노란 반달이 여자를 따라가고
스크린에서는 서서히 자막이
떠오른다

"The end"

그 많던 비둘기는 어디로 갔을까

비둘기들은 아무도 없는 곳에 가서
혼자 죽는다고 한다
남산에도 시청 앞에도 공원에도 비둘기의 주검은 없다
떼 지어 날아오르던 검은 지붕들
붉은 발자국 찍히던 보도블록에도 없다
누구 본 사람 있나요?
제 몸 태울 땔감 지고 길 떠나는 인도 노인처럼 비둘기는
따가운 햇살 한짐 지고 도시를 떠났을까
적멸의 푸른 깃털 하나 어디에 내려놓았을까

그가 보고 있다

유리창 안에서 그가 내다보고 있다
환한 바깥, 바깥에선 안이 궁금하지 않다
안은 캄캄한 공동
밖은 거울처럼 깊고 멀다 그러나
모든 것이 환히 드러나 있다

한 남자가 머리를 쓸어올리고 지나간다
한 여자가 코트를 여미고 간다
할머니가 옆모습을 비춰본다
깻잎머리 여학생이 빙그르르 돌아본다
젊은 여자가 립스틱을 바른다
젊은 남자가 코털을 뽑는다
꼬마가 눈을 깜빡거린다
뚱뚱한 아주머니가 안 보는 척 곁눈질을 한다

유리창 안에서 그가 내다보고 있다
저물도록 부조처럼 앉아서
미간을 찌푸리고 그가 웃는다

웃다가 운다

나비, 날아가고

굴참나무 잎이 바람도 없이 흔들린다
주름진 각질 속에 숨죽인 산제비나비 번데기
―어머니의 빛나는 날개옷
지상의 가장 환한 대낮 온몸 천천히 비틀고 뒤틀어
소스라치는 우화(羽化)
―마침내 캄캄한 흙 속에서 깨어나네
신생의 이 황홀한 회오리
온 산이 잠시 날카로운 빛 속에 쓰러진다
이내 허리 곧추세우고 날개를 말리는 나비
최대한 가벼워지기 위해
―어머니는 수숫대마냥 여위어가고
홑눈으로 보는 연둣빛 하늘
잠시 머뭇거리는 어지러운 생

나비 한 마리 기어이
온 우주를 난다

베다니 집

내 이웃 중의 이웃 베다니 집
나사로는 없고 마음 가난한 할머니 몇분
배나무밭 옆 눅눅한 집 한 채
모로 누워 혹은 조그맣게 쪼그리고
얇은 햇볕에 지푸라기 육신 내다 말리고 계신다
나귀 새끼는 보이지 않고
등불 든 신랑은 아직 오지 않고
늙은 잇몸처럼 하늘도 내려앉아
철없는 참새들만 식은 굴뚝 위에서 짹짹거리는
막다른 골목에서 그래그래
고개 주억거리며
부르튼 길 끝 내다보고 계신다
그 끝에 우두커니 내가 서 있다

그가 부르시면

골목에서 아이들 옹기종기 땅따먹기하고 있다
배고픈 것도 잊고 해 지는 줄도 모르고
영수야, 부르는 소리에 한 아이 흙 묻은 손 털며 일어난다
애써 따놓은 많은 땅 아쉬워 뒤돌아보며 아이는 돌아가고
남은 아이들 다시 둘러앉아 와자지껄 논다
땅거미의 푸른 손바닥이 골목을 온통 덮을 즈음 아이들
은 하나둘
부르는 소리 따라 돌아가고 남은 아이들은 여전히 머리
맞대고 놀고

부르시면, 어느날 나도 가야 하리
아쉬워 뒤돌아보리

길

마을과 작은 산과 긴 강을 지나

눈 감고도 찾아갈 수 있는 길

눈 감으면 더 환한 길

내 발이 먼저 알아서 가닿는 길

길가의 포플러 그 위의 까치집

다섯 개의 모퉁이와 일곱 개의 신호등

찻집과 소방서와 우체국이 있는 길

혼자 가기도 하고

혼자 돌아오기도 하는 길

가끔은 때까치와 매미 들이 마중 나오고

집 나온 강아지가 느릿느릿 지나는 길

아무 때나 갈 수는 있지만

아무 때나 갈 수도 없는 길

너무 낯익어서 아득한

너무 멀어서 서러운

행복한 길

손으로 읽다

그가 책을 읽는다
흰 종이 위에 흰 글씨
점점이 이어진, 꺾이고 휘어진 미로
손끝의 밝은 동공은
한 자씩 한 자씩 빠르게 감응한다 캄캄한 눈은
꿈속 같은 신생의 바다로 나아가
가물가물 흐르고 있다
다섯 개의 눈으로 읽는 세상의 이치
행간의 어둔 통로를 따라가다
그의 눈꺼풀은 파르르 떨린다
몸속 천갈래 회로들을 집적시켜
지문 사이의 섬광 같은 예리함으로
감지하는 문자들의 울림
글의 정령까지도 환한 합일!

고백

　너의사랑은고향집우물보다더아득하다 그우물속의낡은
두레박보다더무겁다 두레박속의넘치는물보다더차다 그물
속에잠긴달보다더외롭다 달속의토끼그토끼의눈보다더서
럽다

비구상으로

백지 위에 나를 넌다

세상을 피해 무거운 산 하나 그 뒤에 그린다

사람은 더이상 그릴 필요가 없다

넓고 긴 강을 붓 가는 대로 휘둘러친다

비바람 가릴 초가로 나를 가두고 문을 닫는다

그곳에서 석달열흘만 울겠다

감기

느닷없이 머리가 아프면서, 그리고
열이 약간 있으면서
타이레놀을 먹어야 하나 샤워를 해야 하나
해장국을 먹어야 하나 불고기를 먹어야 하나
허기가 들면서
산책을 할까 영화를 볼까
보험을 들까 노래방을 갈까
눈물이 나면서
점점 어지러워지면서 처참해지면서
너를 처음 만난 날

밤길

반달이 희미하게 비춰주는 산길을 엄마와 가고 있다 어디로 가는지

왜 가는지 엄마는 말하지 않고 나도 묻지 않는다 오일장이 서는

장터 가는 길 내 동무 양순이네 집으로 가는 길 너무도 익숙한

그 길을 엄마는 내 손을 꼭 잡은 채 땀이 배도록 꼭 잡은 채

앞만 보고 가고 있다 부엉이 우는 소리에 머리끝이 쭈뼛 선다

엄마가 찾아간 곳은 장터 끝 작은 집 엄마는

망설임 없이 찔레덩굴 우거진 뒤꼍을 돌아 작은 봉창 틈을

오래 들여다본다 나는 갑자기 오줌이 마려워서 동동거리다가

뒤꼍 모서리에 앉아 오줌을 눈다 대여섯살 적의 일이다

돌아가는 길은 달이 구름 속에 숨어 온통 깜깜했고 엄마는

몇번이고 발을 헛디뎠다

그날 밤에도 아버지는 집에 들어오시지 않았다

첫눈

자고 나니 모든 게 달라졌다
눈이 왔다 어제의 세상이 아니었다
정말 몰랐다
어제 오후 하늘이 약간 기울고
비린 바람이 조금 다르게 불었으나
눈이 올 줄은 몰랐다
나는 아직 떠날 준비가 안됐고
나는 아직 순결하지 못한 신부
그만 이불을 둘러쓰고 누워버렸다
종일 두 손 놓고 지치도록 울었다
이렇게 속수무책
첫눈이 올 줄
―몰랐다

조감도

손금이 거미줄처럼 얽혀 있어
동서남북 가는 곳마다 막다른 골목이야
촉촉이 땀이 배인 좁은 길들
잔금으로 어지러운 구겨진 대로들
유사 이래로 길들은 늘 덜컹거렸지
거미들은 끝없이 운명의 줄을 뽑아내고
우연처럼 깜박이는 신호등
마른 강물은 마지막 한 방울까지 증발해버렸어
촘촘한 문들이 어지럽게 교차하는 낡은 조감도
칼자국 같은 깊은 상처 하나
아프게 접혀 있네

아버지는 웃고 계시고

아버질 만났어요 서른아홉 헌헌장부이신 아버지 제가
아버지 나이만 돼도 얼마나 좋겠어요 그러게 그러게
웃고 계신 아버지 불국사 다보탑 앞에서 멋쟁이 지팡이
짚고 검정 모직코트 입고 사진 찍으셨죠 아들 같은 아버지
흔들리는 풍경 너머로 대웅전 지붕 위에 팔베개하고 누워
개구쟁이처럼 웃고 어서 내려오라고 어서 가자고 손짓
하시는
여든여섯 어머니 털배자 입고 조그맣게 쪼그리고 앉은
어머니의 푸른 머리카락이 눈부시데요

그리운 밤섬

건너갈 다리도 없다 반쯤 물에 잠긴
금방 가라앉을 듯 포기한 듯 지친 빛깔로
아예 길게 누워버린, 뿌리 없이
흔들리는 수양버들이 한낮에 꾼 꿈마냥
허황하게 둥둥 떠 있다

헤엄쳐서 갈 수밖엔 없다 그곳에
언젠가는 작은 방 하나 숨겨놓고 그 속에서
내 지리멸렬의 생을 되돌려주겠다
낮이면 죽은 듯 잠만 자다가 밤이면 귀 세우고
캄캄한 기억들 불러모으겠다
그 부유하는 기억들 속에 몸 담그고 긴 밤 견디겠다

어느 여름 지독한 폭우 속에 섬과 함께
가마우지 황새 청둥오리 들과 함께
흔적 없이 떠내려가겠다

제2부

오후에 피다

너를 기다리는 이 시간
한 아이가 태어나고 한 남자가 임종을 맞고
한 여자가 결혼식을 하고 그러고도 시간은 남아
너는 오지 않고
꽃은 피지 않고
모래시계를 뒤집어놓고 나는 다시 기다리기 시작하고
시간은 힐끗거리며 지나가고
손가락 사이로 새는 모래
아무도 간섭하지 않는 소란스런 시간
찻잔 든 손들은 바삐 오르내리며 의뭉한 눈길을 주고받
으며
그러고도 시간은 남아
생애가 저무는 더딘 오후에
탁자 위 소국 한 송이
혼자서 핀다

영혼이 없었으면 좋겠다

어린 날 동무 중엔 힘세고 고약한 녀석이 하나씩 있었다
여럿이서 놀다가 그 녀석이 무슨 심통이 나거나 혹 누군가
제 맘에 안 들어 "우리 쟤랑 놀지 말자" 해버리면 그때부터
그 애는 외톨이가 될 수밖에 없었다 나도 간혹 그 외톨이가
될 때도 있었는데 그때 저들끼리 내 쪽은 보지도 않고
재미있게 노는 모양을 한켠에서 멀거니 볼 수밖에 없는 나
지금도 가끔 꿈속에서 보기도 하는데

지금 어머니가 그 외톨이가 되어 저쪽 켠에서
희희낙락하는 이쪽의 우리들을 멀거니 보고 계실까

먼 하루

하루가 가고 다시 하루가 되니
하루는 언제 끝이 날 것인가*

당신이 떠나고
까치 한 마리 창밖에서
아침을 울다 가고
집 앞 단풍나무는 채 붉어지지도 않은 단풍잎들을
발 아래 수북이 놓아버렸어요
손바닥만한 놀이터에서
와글자글 아이들 노는 소리가
머릿속을 까치집마냥 헝클어놓고
오늘 아침 처음으로 발이 시렸어요
하늘은 흙탕물처럼 먹먹해요
견인되어가는 검은 자동차 뒤로
손수레 할아버지가
진공상태로 뒤따라가고
초록색 마을버스도 천천히 골목을 도네요
화분의 난잎은 시들고

몸 마르는 소리 들려요
한낮인데도 깜깜한 방 안이 바위처럼 무거워요
머리맡의 고양이가 으응으응 돌아눕고
나도 그 곁에 조용히 누워 있어요

하루가 가고 다시 하루가 되니

* 매월당 김시습의 시에서 차용함.

언덕에서

아이는 끝없이 졸라대고
벌은 머리 위로 윙윙대고
아카시아는 허리 휘도록 웃고
풀은 자꾸만 밟히고
들꽃은 하얗게 바래가고
머리칼은 자꾸만 눈을 가리고
눈물은 입속으로 흘러들고

새

해는 지는데 나뭇가지에서 떨고 있다
가야 할 길과 지나온 길을 지우며 등 구부려
가야지 가야지
찢긴 플래카드처럼 낙심에 떨며
차가운 낮달 사이로 흩뿌리는 겨울비
머리 기댈 마른 잎 하나 없는 굴욕의 빈 가지 위에서
저 무한천공 갈 길은 아직 먼데
감기는 눈 치켜뜨며
정신 차려 정신 차려야지
온몸 쪼아대는

봄 봄

마른 봄바람에 먼지 뒤집어쓰고 짜증나
볼 부어 있던 목련 봉오리들
봄비 한나절 다녀간 뒤 금세 함박웃음 터져
벌어진 입 다물지 못하네
허리 흔들며
들뜬 웃음소리
뜰 안이 소란하네

이승의 개똥밭에서

많은 시 남기고 땅속에 묻힌 이들
뿌듯할까
무덤 곁에서 낯선 독자들이
떨리는 목소리로 시 읽어주면
좋아서 몸 떨릴까
신문마다 추모하고
훌륭한 시인이라고
평론가들 목소리 높여 불러주면
차가운 땅속에서도 따뜻할까
가죽이든 이름이든 남아서
누대에 걸쳐 인구에 회자되면
백골이나마 춤을 출까
시비 세워 지나는 사람들
쓰다듬어주면 든든할까
이승의 개똥밭에서 질기게도 구르고 있는
나보다 행복할까
혼자 먼저 떠난 것이
정말 정말 덜 억울할까

빈 길

아버님께

지난밤 꿈속에 당신과 있었어요

아시지요 그 길

개나리 휘어지게 피고

산벚꽃 봉오리 머리 위에 가득하던

검은 기차가 스르르 꼬리를 감추고

마른 강이 저녁빛에 붉어지던

그 낯익은 길

서로 저만치 떨어져 해가 이울도록

앉아 있었지요 아무도 없는 그 길

오늘도 또 갔어요

칼바람 부는 빈 길

그 낯선 길가에 서서

오지 않는 기차 기다리며 마른 개나리 가지만

오래 들여다보았어요 혹시

꽃봉오리가 트나 하고요

어지러운 노란 향기 나나 하고요

양수리

살아서 만나리
휘돌아 얼싸안고 소용돌이치며
만나서도 마음놓고 살 섞고 싶어
뒤돌아보는 물굽이
반쯤은 넋 놓고
반쯤은 눈 감고
몇길 물속은 숨죽여 흐르지만
나란히 흐르다 이따금 건너다보던
남과 북의 두 물머리
끝내는 만나서 이마 부비며
멈칫거리며 흐느끼며
천천히 한 빛깔로 태어나리
맨몸 뒤척이며
서로 다른 체온 낯설어하며

가벼운 생

뼈가 어긋나서요 2번과 3번 척추예요
뼈가 텅텅 비었어요
시간과 중력은 반비례하나요?
가볍다는 건 유쾌한 일이지요
뱃속에서 피리소리가 나요
한번 불어볼까요 삘릴 삘릴리 드르륵 드륵
연골도 말라버렸나봐요
모든 게 모조리 다 빠져나가버렸어요
뼈가 백지처럼 얇아져서 환히 보여요
내 가벼운 생(生)이
하얗게 들여다보인다구요

초승달

저기 저
차갑게 벼려져
머리 위에 걸려 있는
언제라도 내리꽂힐
나의 부메랑

먼 길

해 어스름
푸른 숲 위를 맴돌던 새 한 마리
한순간 숲속으로 떨어지듯 내려앉는다
다시는 떠오르지 않고 대신
바람 한줄기 어지러이 숲을 흔든다

어머니 먼 길
그렇게 보내고 말았다

장마

젖은 종이처럼 달라붙는 습기 속에
드러누워 나를 썩힌다
썩히는 일의 깊은 경건함
굳은 빵과 짓무른 채소와 먹다 남은 과일 들
집 안의 먼지 쌓인 구석구석까지
휘감기는 축축한 혓바닥
우울과 비관과 낙심을 뒤섞어
형체도 없이 썩히고 썩혀서
뭉글뭉글 아름다운
푸른곰팡이 한 무더기

씌어지지 않는 연애시

만해의 날카로운 첫 키스 이후 어떤 사랑의 시도 시들해
졌다
소월이 즈려밟고 떠난 진달래꽃 이후 모든 이별의 시는
시시해졌다

만해의 첫 키스는 이미 비수가 되어 내 척수를 뚫고 지나
갔고
소월의 진달래꽃은 떨어져 가뭇없이 흘러가버렸다

이제 사랑의 시는 쓰지 못하리
이별의 시는 더더욱

임종

새벽 하늘에 별 하나
흔들린다
금방 스러질 듯 스며들 듯
가망없는 검은 하늘 수상한 바람 떠도는 저곳
어지러운 별 하나 아슬아슬 떤다

그 곁에 그렁그렁 눈물 머금은
야윈 별 몇개

길 위에서

우는 아이를 업고
낯선 길을 한없이 헤매었다

길 위에 던져진 무수한 신발들 중에
내 신발 찾다 찾다 잠이 들었다

붉은 황톳물 넘치는 강을 내려다보며
해가 지도록 울었다

그렇게, 한 해가 갔다

편두통

머리카락이 일제히 곤두섰다
국회 앞에서 볏가마를 태우는 농부들
확성기로 소리소리 지르고
머릿속의 핏줄들도 하나둘 거꾸로 흐르기 시작하고
왼쪽 눈알은 쏟아질 듯 위태롭고
딱따구리가 왼쪽 귓부리에 앉아 딱딱딱 쪼아대고
누군가 전경의 곤봉에 쓰러지고 깃발들이 쓰러지고
아뜩한 통증의 최면 속에 좌충우돌하는 두개골!

금산사

가을 금산사 가서
절은 안하고
보리수나무 아래 서성이다
노스님 손등 같은 보리수 잎 하나
책갈피에 넣어왔다

입 다물고 눈 감은 부처
바로 보지 못하고
보리수나무 아래
가을 땡볕 피하다
공양간 밥만 축내고 왔다

시가 내게 오지 않았다

1975년, 말이 아니던 시절
비분강개 하나로
어린 미혼모처럼 덜컥
들어선 시의 길
내 경솔의 댓가는 이날까지
무수한 빚쟁이들에게 시달리는 일이다

시 안 쓸 거야
시 좀 쓰세요
시도 안 쓰고 뭐 해

'시가 내게로 왔다'는
네루다의 말은 거짓말이다

제3부

결산

지난여름 나는
아무것도 관리하지 않았다
텅 빈 종로에서
몇줄의 시와 몇묶음의 소설을 읽었으며
정판과에 드러누워 있는
여남은 개의 활자를 바로 세웠다
청계천 바다극장에서
장풍영화를 두 편 보았고
'有田'에서 펄펄 끓는 커피를
두 잔 마셨으며
신경통인 어머니의 여윈 다리를
주물러드렸고
한낮 아파트 옥상에서
누런 황소 두 마리를 그렸고
밤중에 일어나
냉수를 몇번 끼얹었을 뿐이다

지난여름 내내 나는

아무것도 관리하지 않았다

그대는 누구인가

내 생애를 통틀어
그는 나의 적이다
앉거나 서거나 눕거나 나를 침식하고
나의 사상 나의 불행 나의 울음까지도 통제하면서
압제와 폭행을 서슴지 않는
그는 나의 적이다

그대는 누구인가
나의 적인 당신은
거리에서 술집에서 사무실에서
나의 손발을 붙들고 정신을 붙들고
아, 나의 영감을 붙드는

풀도 나무도 아닌
연골동물처럼 부드럽고 흡반처럼 끈질긴
마지막 힘의 결정 독선의 결정인
그대의 능력
숨죽인 나의 발자국을 자취없이 소리없이

지워버리는 비열한 능력

마비된 내 육신 내 영혼을
끝없이 끌고 다니는
내 영원한 적인
그대는 누구인가

김포 바람

K화백이 떠나던 날, 종일 궂은비 내리고 소문난 김포 바
람은
　더욱 기승을 떨었다 왜 떠나지 않고는 안되는지 알 수
없는
　우리는 그저 바람에 쏠리는 옷깃만 여몄다

　그는 대한민국을, 자기를 버리는 대한민국을
　버리고 훌훌 떠났다 울고 우는 망아지 같은 예쁜 딸들을
　앞세우고 몰라보게 여윈 얼굴로 출국장에 선 그 앞에서
　우리는 위로든 축하든 말을 잃었다

　토막난 생선을 놓고 "조국을 보듯 가슴 아프다"며 익살
떨던 그를, 이 땅의 우등국민이던 그를 이 땅은 버렸다
　불우한 시대를 살다가 불우한 시대를 버리고 그는 반쯤
　미친 김포 바람에 쫓겨 떠났다 눈물 얼룩진 두 손 높이
높이
　흔들면서……

실눈 뜨고

죽었지만 숨은 쉬었어
살았지만 움직이진 않았지
붉은 흙더미 속
갇혀 있어 오히려 자유로운
한시절 바람 빠진 공처럼
그렇게 죽어지냈지
바깥의 미세한 기척
잠들지 않은 것들의 수런거림에
짐짓 귀 막고
숨죽인 나무뿌리 풀뿌리 들 속에 엉켜
이승도 저승도 아닌 듯이 지냈지
실눈 뜨고 실눈 뜨고
웅크리고만 있었지

낙화

꽃이 진다
지는 꽃은
눈 감고 치마 뒤집어쓰고 망설임 없이
떨어져내린 꽃은
꽃이 아니다
뺨 부비며 웃던 꽃잎들
그만 뿔뿔이 흩어져
더러운 아스팔트 위에 엎드린 꽃
바람에 쓸려 구석구석 뒹굴어
찢기고 피 흘리는 꽃은 꽃이 아니다
별 밝은 밤 저도 별인 듯 담벼락에 붙어
하얗게 웃고 있는 꽃은
더이상 꽃이 아니다
슬픔이다

지는 꽃은
꽃샘추위에 떨며 구걸하는 이의 머리 위에
떨어진 꽃은

꽃이 아니다
비틀린 팔다리 휘저으며 바삐 걸어가는 아이의
가슴팍으로 숨어드는 꽃잎은
탱자가시 울타리에 떨어져
탱자꽃인 척 숨죽인 꽃은
꽃이 아니다
낡은 길섶 냉이풀 옆에 누워
떨어진 배꼽자리에 어느새 맺힌 열매
짙어지는 어린 연두잎들을 지긋이 올려다보는
더이상 꽃이 아닌 꽃
사랑이다

흉몽

꿈은 아니야,라고
너는 얘기했고
꿈을 깨야 해,라고
나는 말했다

우리들 공동의 꿈을 위하여
각기 다른 꿈을 꾸면서
꿈을 생시처럼 생시를 꿈처럼
우리는 싸웠다

이제 알게 될 거야
너의 꿈이 더 꿈다운지
나의 꿈이 더 생시 같은지
우리는 밤새워 싸우고, 나만 쓰러졌다

그리고 나는 꿈을 꾸었다
꿈은 아니야,라고
내가 웃었고

꿈을 깨야 해,라고

너는 울었다

유리창을 닦으며

긴긴 겨울의 끝
기적처럼 찾아든 봄
그러나 지금은 밤인가 아침인가
햇살 한줄기 연기처럼 지나간 후 들리는 것이라곤
허공을 할퀴는 바람소리
열심히 유리창 닦고 또 닦아보지만
보이는 것이라곤 황사 덮인 도시
어느날은 안개 어느날은 비바람
하마 봄인가 푸른 숲 푸른 들판 보일까
안타까이 닦고 또 닦는 유리창
언제던가 축복처럼 떠오르던 남빛 하늘
아지랑이 따스하던 들길

창밖엔 암울한 모래바람
신문배달 소년 하나 황망히 바람 속을 지나가고
어디선가 날아든 종이비행기
봄이 봄 같지 않고 아침이 아침 같지 않고
한치 앞을 가로막는 안개 한다발

질긴 동아줄 되어
내 목을 전신을 조이네

미궁 같은 이 도시, 밤이면 하마
달이라도 뜰까 별이라도 돋을까
마른 입김 불며 불며
유리창을 닦는다

불면

어린 날의 그
깊이 잠들지 못하는 버릇이
이제는 아주
눈썹 위에 붙어서 먼지처럼 붙어서
밤이면 밤마다 뒷산의
뭇 새들을 불러모았어요

날카로운 새들의 울음이
이명처럼 울려퍼지고
붉고 푸른 깃털들이
날고 날아서
눈을 뜰 수가 없었어요

세 평 남짓
이 좁은 우리 안에서도
나의 비명은 간 곳이 없고
밤이면 밤마다
뒷산의 뭇 새들이 나를 깨웠어요

달의 행로

1

손바닥만큼 축소된 해가 나를 따뜻하게 하는 건
유쾌하지 못한 일이다
아무리 낮은 자리라도 넉넉히 닿는 그의 손
모든 것은 그의 손아귀에 있으니
어두워진 골목에 서서 달의 행방을 좇는다
바람에 밀리는 달
구름에 쫓기는 별

2

별이 보이지 않는 날들을 위해서는
나의 천장을 높게 고치지 않으면 안되겠다
아직 알 수는 없지
별이 어떤 빛으로 떠서 어떤 형상으로 지는지
흉흉한 바람소리가 삼켜버린 천체 한구석에서
내 눈 내 귀는 속절없이
열려 있는지 닫혀 있는지

변명

나는 더이상
불만의 뿌리가 되기를 원치 않는다
철강과 늑골과 소나무로 엮인
일정한 규격의 도시를 멸시한다
대지의 가장 깊은 자궁에서 태어난
내 아기의 손바닥이
더이상 더럽혀지는 것을 원치 않는다

유미주의자들의 농담을 나는 믿지 않는다
쓰레기통에서 나온 순금 깃털의 새를
그 울음을 믿지 않으며
ㄷ자의 완벽함을 믿지 않으며
불길한 어망에 갇힌 금빛 파도를
굶주림의 쾌감을 믿지 않는다

벼랑의 끝을 보지 말기를
절교의 대상은 늘 무너진 오만에서 비롯됨을
넝마조각을 깔고 앉아 담쟁이넝쿨의

눈물겨운 수고를 눈여겨보라
이 비굴한 인종을 보라
밤을 쫓는 어린아이들의 돌팔매질이 훨씬
고무적이지 않은가

나는 더이상
증오의 뿌리가 되기를 원치 않는다

꿈 밖에는

꿈 밖에는 몸의 어떤 부분도 내놓지 마시오
그건 소금을 모래 속에 파묻는 일만큼 어리석은 일
손이든 얼굴이든 머리카락이든
어느 부분이든지 특히 발은 위험!
하다못해 그림자까지도 단속하는 습관을 기르시오

지금 나뭇잎에 사정없이 떨어지는 것은
빗물이 아니오 윗동네 사람들이
오줌을 항아리째 퍼붓는 것!
저 망측한 속삭임이 들리지 않소?
손을 내밀어볼 엄두는 아예 내지도 마시오

머리맡의 술병 마개가 열려 있다 해도
손을 뻗지 말 것! 그것이 저들의 유혹의 손길
썩은 천장이 지적지적 내려앉을 것 같지만
공연한 기우요
움직이지 않는 공기란 없는 법 이제 그들이
이 천장을 말끔히 말려줄 거요

누가 검은 상복을 입고 와서
피 묻은 부고를 내보인다 해도
놀라거나 허둥대지 말 것!
그들은 다름아닌 그대의 자매요

꿈이란 원래 갈기갈기 찢어진 안개더미 같은 것
단, 이 금기는 기한이 있소
구멍난 벽을 빵과 소금으로만 채우려는 자들이
그대의 지붕 위를 떠날 때까지!

거리에서

그대가 품은 가망없는 희망
그대가 내려놓은 수천 길 절망의 푸른 강
그 칠흑 같은 꿈을 나는 알고 있다

그대가 드는 잠의
그 밑 모를 수렁 속을 파고들면
어느새 하늘은 붉게 열리고
그 깊이만큼 빠져드는 두 발

낡은 옷자락 여미며 맨몸의 바람을 맞는다
거리에는 아직도 등등한 어둠

어디선가 하늘을 가르는 피리소리
내 몸 수천 개 숨길이 죄다 열리고
점점 살 속 깊이 파고드는
피리소리 울음소리

머리를 빗는다

땅속 깊이 떨어지는 먼지

떨어져 내 뼈를 덮는다

판토마임

목소리도 버렸다
막혀버린 입 딱딱하게 굳은 혀
어제 '벌거벗은 임금님'을 연기하던 K는
의상만 남기고 퇴장당했다
헉헉 그의 실수는
말의 고삐를 놓쳐버린 것
혀의 응어리를 풀어버린 것

남은 우리가
그의 미숙한 연기를 얘기하면서
"그의 퇴장은 비극이야"
큭큭 소리 안 나는 웃음 웃다가
무대 뒤 어둠속으로 뿔뿔이 흩어진 후

오늘 그는 씽씽한 얼굴로 객석에 앉았다
우리의 '동물농장'을 보며
킥킥 불안한 웃음 휜히 뚫린 그의 입

더욱 연마된 우리의 신음소리
다시 돌아선 무대 단단히 목 조이며
막을 올린다
무대를 적시는 땀방울
다시는 퇴장당하지 않기 위해

겨울 산

이 비겁하고도 어마어마한 속임수
하늘은 그 넓은 소맷자락으로
이곳의 모든 것을 덮어놓았다
바위와 길 떨어져 썩은 나뭇잎
흐르는 개울까지 감쪽같이 덮었다
빈 나뭇가지는 가지대로
닳고 닳은 돌멩이는 돌멩이대로
그들의 비열한 장난을 눈치채지 못한다
정월의 성장(盛裝)한 해도 모른 척은 하지만
누가 믿겠는가
곳곳에 드러난 바위그늘이나
그 밑 마른 풀뿌리의 신음
이 무구(無垢)한 낙원에도
한줌의 온기 한오라기 바람은 자라고 있으니

모든 흰 것은 깨끗하다고
모든 깨끗한 것은 희다고
주먹 높이 들고 외치는 세상

우리가 원하는 것은
눈의 사치가 아니라 한모금의 냉수였다
저 높은 산정과 그 위에서
내려다보고 섰는 몇그루 나목과
그 나목이 떨어뜨리는 몇방울의 땀이었다
동행이여
스스로의 땀으로 채우는 갈증
이 갈증이 갈증으로 끝나기야 하겠는가
가장 힘든 것은
가장 쉽게 이루어지는 것을
이 은밀한 모의가 끝날 때
이 허명(虛名)의 흰 벽이 녹아 흐를 때

비인에서

이곳 아니면 달리 설 곳 없구나
하늘을 이은 모랫벌
여기저기 흩어진 해초 부스러기
부서진 포말 위에 떠도는 붉은 동백꽃잎 꽃잎
차마 바라볼 수 없어 아예 덮어버린
은빛 십리 모랫벌에 엎드려
낙지처럼 엎드려 우는 사내여
쏟아져라 쏟아져라
그대 불혹의 웅크린 핏줄기가 파도 속에 파묻혀
서산반도 싯붉은 물너울에 뒤섞이고 어우러져서
이 절절한 변경 찾아든
한떼 갈가마귀나 붙들어 우는구나
더운 입김 나누며
깎이고 깎인 바위 끝에 앉아 우는구나

물이 들고
바위가 묻히고
남루한 갯벌 빛나는 모래

메마른 그대 한숨이 눈물이 묻힌다
동백정 등등한 하늘이 묻힌다

가로수

가로수는 정직하다 자신이 차지한
몇 평방미터의 면적과 늘 만나는 거리의 몇점 풍경과
팔만 뻗으면 언제나 닿는 쾌적한 공기를 기억한다
이마 위에 내려앉는 서릿발이나
어느날 새벽의 유황빛 하늘에 놀라지 않고
가지에 찢긴 연기나 혹은
겨드랑이에 숨겨둔 마파람에
똑같이 당당하다

가로수는 떳떳하다 자신에게 부여된
공간과 자신의 능력—육백 그램 이상의 수액을
탐하지 않으며
높은 담 너머의 라일락을 부러워하지 않으며 더구나
허물어진 뿌리에 대해
퇴락한 잎새에 대해
동복(同腹)의 아픔을 나눌 줄 안다

동작동에서

내 애인은 강 건너
저 불빛만큼이나 아름다웠지요
내가 이곳 한강가에서 떠돌고 있는 줄
한바탕의 회오리로 살아 있는 줄 알고나 있는지
그녀의 웃음 그녀의 눈짓이 아직도 나를
밤마다 잠들지 못하게 하니까요

포성이 갈기갈기 찢어놓은 남국의 하늘은
그저 무섭기만 했어요
지옥처럼 깊고 어두운 정글도 두렵기만 했구요
정의가 뭔지 우방이 뭔지
그저 어머니만 보고 싶었어요

싸움다운 싸움이라도 한번
해보기나 했으면 덜 외로웠을까요
증오도 적개심도 없는 싸움도 싸움일까요

내 나이 스물둘 목숨을 담보해

지긋지긋한 가난과 바꿀 수만 있다면
그러나 오로라처럼 허황된 꿈
늙은 어머니의 가슴에 야자 같은 못만 박히고
소나기 퍼붓던 한밤중
먼먼 고국을 꿈꾸며 잠들었지요

아직 뿌리조차 못 내린 얇은 잔디 한자락 덮고
내 짧았던 젊은 날을 그리다가
어린 아들의 웃음소리 떠도는 넓은 강가를
휘이휘이 잿빛 바람으로 떠돌기도 하지요

아직도 알 수가 없어요
우리가 없는 서울은 왜 저렇게 여전하며
우리들 무덤엔 한 송이의 꽃도 피지 않는지
이곳은 왜 이리도 적막하며
왜 아무도 우리를 기억하지 않는지

전우여 저 바람소릴 들어보게

헛되고 헛된 저 바람소리
강 건너 휘황한 저 불빛
우린 한낱 저 불빛의 가면들

귀한 아들 소중한 남편 든든한 아버지
그리운 연인이었던 자네와 나의 불안이
저 검은 강물 위의
속절없는 거품이 되기까지에는

야행기 1

달이, 그 희고 빛나는 팔을 뻗어
칠흑 어둠에 묻힌
집과 가로수와 행인 들을
하나씩 건져내고 있다
곁에서 참담한 눈빛으로 지켜보고 있는
수천만의 별들

야행기 2

이미 소리란 소리는 다 묻히고
빛이란 빛은 다 거두어갔다 아무도
알아보지 못할 만큼
모든 것은 제 빛깔이 아니다

땅으로부터 부여받은 수분을
모조리 탕진해버린 하늘은 차라리
구원이다 성치 못한 잎들을 염려하는 뿌리만
기우뚱한 몸짓으로 서 있다

아직 낯익은 도시는 멀다
우리들의 행렬은 크게 비틀거리며 멈추고
무변공천에 그래도 그림자만은
잡초처럼 섰구나
무성하게 섰구나

어느 담벼락 아래든 기대앉으면 들을 수 있다
기어드는 신음소리 목 쉰 탄식소리

우리가 맞닥뜨린 벼랑 우리 몰락의 징후들
그 길의 끝 그 끝의 침묵을
모르는 이도 있는가 몰라서 묻는 이도 있는가

진실은 원하는 만큼 멀고 오류는 피할수록 가깝다고
찢긴 나뭇가지가 어지러운 거리 여기저기
내동댕이쳐져 휘둘린들
휘둘려 더러운 발밑에 부서진들

해진 옷자락에 묻은 절망의 이끼가 무성한 빛깔로
더 자라기 전에 알아야 한다
비는 늘 바람 뒤에 오는 것을……

야행기 3

뒤를 돌아보지 않아도 고개를 들지 않아도
그는 볼 수 있고 들을 수 있다
어떤 징후 어떤 속삭임도
돌덩이 흙덩이처럼 나뒹굴어도
모욕과 수모를 넘어서서
눈앞의 모든 것들 듣고 보고 기억한다
어떻게 이곳까지 왔고 또 어떻게 돌아갈 것인지
부정한 것들 불결한 것들의 무릎 위에서
모멸과 공포를 이불 삼아
밤새도록 제자리걸음일망정

아무도 알 수 없는 일
양지보다 그늘이 더 많은 그의 거처
언제 또 바람이 불 것이며
떨어진 꽃잎이나마 언제 날아들 것인지
저문 날 어스름 속에서 찢긴 맨발로
그는 떠난다
모든 것 듣고 보고 기억하면서

야행기 4

기어이 그를 만났다
그의 방은 습하고 어두웠다
상앗빛 맑은 그의 얼굴
간신히 손을 잡았다
수척한 두 팔 떨리는 눈빛은 뜨거웠다

나는 그에게 얘기했다
그는 얘기하지 않았다
그의 엉킨 핏줄 속에 갇힌 힘
만성의 상처에 시달린 눈의 자비로움을
어찌 내가 알겠는가마는 짐작이라도 하겠는가마는

칼집을 찢고 나온 칼이
더욱 예리하게 벼려져서
그의 낡은 옷자락을 끝에서 끝까지 찢은들 어찌하리
얼굴 붉혀 꼿꼿이 두 다리로 선들
서서 눈 부릅뜨고 지켜본들
바람 같은 목숨 내팽개쳐 반쯤 뜬 눈으로

밤마다 더운 신음 쏟아낸들

다시 돌이키기를 원치 않으므로
옛날은 다만 옛날일 뿐
돌이키기를 원치 않으므로라고 얘기하는
너의 앞에 비로소 얘기해야지

"그는 아직 살아 있었다"고

야행기 5

이제 모든 병든 자들의 노래는 시작된다

모호한 몸짓으로 모두들 헤어져버린 거리에서
푸른 밤은 열리고
석고처럼 굳은 얼굴들
일제히 움직이기 시작한다

미라가 된 도시
능히 재로써 깨어나게 할 수 있다고 장담하면서
소란스런 이 시간 어리석은 짐승들 울부짖는다
저 어두운 묘혈 속에 숨어 있던 자들
서서히 모반의 층계를 오른다

무너진 벽 언저리에 널린 붉은 혓바닥
필경 아무도 귀담아듣지 않을 이야기들
사공들에 대하여 고양이에 대하여
또는 떠나버린 이들에 대하여

창 안에선 마르지 않고 흘러나오는 어린아이 웃음소리
터진 상처에 흘러내리는 피처럼
축축한 밤의 무덤

우리들의 주검을 검은 천으로 덮을지라도
그들과 함께 빵을 나눌 순 없다

구름이 쌓이고 쌓여 폭포처럼 넘치면
그래서 새롭고 깊은 물소리 들을 수 있다면

위로 던져진 돌은 떨어져야 한다……

아우를 위하여

부르는 소리가 난다
땀에 젖은 수건 휘두르며
누가 부르는 소리가 난다

발등 위에 질펀하던 먼지가
하늘 높이 솟아오른다
그 끝에만은 아직도 맑은 구름 청명한 바람

어둠에 대하여 혹은
꿈에 대하여 이야기하지 마라
네게 줄 한 움큼의 물도 남아 있지 않은 이 시간에
그처럼 힘겨운 얘기는 그만두어라

풀이 돋아난 자리는 언제나 그만큼씩 푸르고
바람이 지나간 자리는 언제나 그만큼씩 닳아 있는 법
네 음성이 스쳐간 이 거리에도
붉은 입김은 남았구나

여유가 불필요한 장소일수록
화목하기는 힘든 일이었지
아무리 그럴듯한 몸짓이라도 지나고 나면
휑하니 빈 자리 그 공허한 장소에서
손가락 깨물며 웅크리고 있을
내 불행한 아우여!

정의 아닌 정의 불의 아닌 불의의 사슬에
아물 날 없던 너의 야윈 손 뜨거운 손

절망의 한가운데서도 아직 색칠하지 않은
너의 욕망
낡은 벽, 흔들리는 불빛
다 마셔버린 술병처럼 공허한 방 안에서
넌 이제 얼마만큼 수척해져가고 있는지

떠나지 못한 별들을 위하여 또는
움직이지 않는 나무들을 위하여

네가 할 일이라곤
그저 바람 부는 행길 한 모서리에서
숨죽여 울 수밖에……
아우여! 내 불행한 아우여!

바람은 아직도 어둡다
계절을 거슬러 사는 사람들의 나라
이 건조한 바람의 고장에서
우리의 손등은 부어오르고
우리의 눈은 가리어지고
우리의 발은 잘리고……

─아아 나의 형제들이여
　새삼스럽게 이제 신(神)들이 무슨 상관이 있단 말인가!*

아침의 붉은 햇살과 저녁의 녹슨 바람이 만날 땐
지나가던 작은 미물도 이마를 맞대고 입맞춤을 한다
만나기 힘든 시간들을 위하여

아무도 가르쳐주지 않아도, 이따금씩
쉬기도 하면서 때로는 시름시름 졸기도 하면서
그렇게 떠나렴
내 불행한 아우여!

* 니체의 『짜라투스트라는 이렇게 말했다』에서.

덧없음으로 가는 먼 길

염무웅

1

권지숙은 그의 문학적 친정인 창비의 독자에게도 낯익은 이름이 아니다. 어쩌다가 그의 시가 활자화돼도 평단의 화제에 오르는 일은 거의 없었으므로 창비 바깥에서는 그가 더욱 생소한 존재일 것이다. 단지 소수의 문우들만이 그의 시에 목말라하고 그의 지나친 결벽을 탓하면서, 모처럼 그의 시가 발표되면 그것을 제 일처럼 반가워했을 뿐이다. 요 컨대 권지숙은 그동안 문단에서 사라진 시인이었다. 그러나 이번에 시집 원고를 통독하고서 나는 그가 시를 버리지 않았을 뿐만 아니라 시를 멀리하지도 않았음을 분명하게 깨달았다. 침묵에 가까운 과작으로 지속된 그의 시적 인생이 겨냥한 것은 무엇이었던가. 그를 우리 시단에 소개한 책임자로서 나는 이 점을 설명할 의무조차 느낀다.

『창작과비평』 지난호들을 뒤적이다보면 1975년 여름호에 '신인투고작품'으로 權智淑의 이름 아래 「내 불행한 아우를 위하여」 외 4편이 실려 있음을 발견하게 된다. 시인 권지숙의 등장을 알린 작품들인데, 무려 35년 전의 일이다. 이번 시집에 수록되면서 제목에서 '내 불행한'이 떨어져나가기도 하고 행갈이가 약간 달라지기도 했다. 설명적인 제목이 갖는 칙칙함을 제거한 것은 적절한 조치라고 생각된다. 연작시 「야행기(夜行記)」 역시 행갈이가 많이 바뀌고 연작의 순번이 새로 매겨졌다.

오랜 세월이 지나 다시 읽어보니 「아우를 위하여」는 제목이 시사하듯 젊음의 격정과 좌절에 대해 바치는 한 시대의 정제되지 않은 헌사이다. 작품은 연극의 서막처럼 화자의 긴박한 목소리를 통해 시적 주인공의 등장을 고지함으로써 극적 긴장을 유발한다.

　부르는 소리가 난다
　땀에 젖은 수건 휘두르며
　누가 부르는 소리가 난다

그러나 주인공은 독자의 주의를 모은 뒤에도 무대에 모습을 드러내지 않으며, 단지 화자의 서술을 통해서만 제시된다. 따라서 독자는 그가 "어둠에 대하여 혹은/꿈에 대하여" 이야기하는 것을 직접 듣는 것이 아니다. 주인공의 형 또는 누이로 설정된 화자만이 그의 분노와 이상을 간접적으로 전달하는데, 그 결과 작품은 오래전 임화의 '단편서사시'와 같은 성격을 띠게 된다.

정의 아닌 정의 불의 아닌 불의의 사슬에
아물 날 없던 너의 야윈 손 뜨거운 손

절망의 한가운데서도 아직 색칠하지 않은
너의 욕망
낡은 벽, 흔들리는 불빛
다 마셔버린 술병처럼 공허한 방 안에서
넌 이제 얼마만큼 수척해져가고 있는지

'정의 아닌 정의' '불의 아닌 불의' 같은 말에서 대뜸 1970년대 중반의 억압적 정치현실을 떠올리는 것은 상투적인 발상법일지 모른다. 어떻든 중요한 것은 이 시에서 그 시대의 도착(倒錯)된 현실이 정면으로 문제되고 있다는 것, 그리고 절망과 욕망 사이에서 비틀거리는 한 개인의 실존적 방황이 실감있게 구체화되고 있다는 점이다. 그리하여 "낡은 벽, 흔들리는 불빛/다 마셔버린 술병"의 이미지는 어떤 개념적 설명보다 더 생생하게 유신체제 아래 고통받는

가난한 청춘의 저항적 심성을 드러내고 있다.

　그러나 「아우를 위하여」는 젊은이다운 방황과 고뇌를 노래한 시이지만, 그것을 그 젊은이 자신의 목소리로 노래한 시는 아니다. 시의 텍스트 안에서 화자는 "내 불행한 아우여!"라고 되풀이 탄식한다. 하지만 텍스트 밖에서 독자들이 느끼기에 주인공은 불행한 청년이라기보다 불행에 거역하는 투쟁적인 청년의 영상으로 조형된다. 이런 내적 균열 때문에 이 작품은 거침없는 수사(修辭)와 빠른 템포에 의해 전체적으로 시적 활기에 넘치면서도 근본적으로 어떤 모호성을 지니는 것이다. 그러나 작품의 마지막 연에 이르러 시인은 한편으로 그런 모호성을 그대로 지니면서, 다른 한편 그것을 넘어서는 탁월한 시적 형상을 이룩하는 데 성공한다.

　　아침의 붉은 햇살과 저녁의 녹슨 바람이 만날 땐
　　지나가던 작은 미물도 이마를 맞대고 입맞춤을 한다
　　만나기 힘든 시간들을 위하여
　　아무도 가르쳐주지 않아도, 이따금씩
　　쉬기도 하면서 때로는 시름시름 졸기도 하면서
　　그렇게 떠나렴
　　내 불행한 아우여!

'아침의 붉은 햇살'과 '저녁의 녹슨 바람'이 만나는 것을 상상하는 일은 시에서만 가능한 최고의 물리학적 축제의 하나이다. 그 축제의 기쁨은 "지나가던 작은 미물도 이마를 맞대고 입맞춤"할 것을 촉구함으로써 생태학적 축제로 확장된다. 그것은 '만나기 힘든 시간'의 기적에 대한 황홀한 예감이다.

1970년대 후반에 발표된 권지숙의 시들, 그러니까 이 시집의 제3부에 수록된 작품들은 대체로 「아우를 위하여」의 연장선 위에 있다. 그러나 「아우를 위하여」가 절망의 탄식에도 불구하고 절망을 압도하는 활기찬 가락으로 근본적 낙관의 정조를 내보임에 비하여 연작시 「야행기」를 비롯한 대부분 작품들은 극히 암울한 색조를 띠며, 말할 수 없이 캄캄한 시적 상황 속에서 '칠흑 같은 꿈'에 대하여 말한다.

이제 모든 병든 자들의 노래는 시작된다

모호한 몸짓으로 모두들 헤어져버린 거리에서
푸른 밤은 열리고
석고처럼 굳은 얼굴들
일제히 움직이기 시작한다

—「야행기 5」 앞부분

이미 소리란 소리는 다 묻히고
빛이란 빛은 다 거두어갔다 아무도
알아보지 못할 만큼
모든 것은 제 빛깔이 아니다

—「야행기 2」 첫연

창밖엔 암울한 모래바람
신문배달 소년 하나 황망히 바람 속을 지나가고
어디선가 날아든 종이비행기
봄이 봄 같지 않고 아침이 아침 같지 않고
한치 앞을 가로막는 안개 한다발
질긴 동아줄 되어
내 목을 전신을 조이네

—「유리창을 닦으며」 부분

　여기 보이듯이 시는 온통 불안하고 부정적인 이미지들의 연속이다. 사람들이 떠나간 거리에 푸른 밤이 열리고 모든 병든 자들이 노래를 시작하는 광경은 그 자체 끔찍한 악몽이거나 악몽 같은 현실의 비유이다. 그런 악몽 속에서는 소리도 빛도 형체를 잃어버리므로 아무도 사물을 알아보지 못한다. 악몽에서 깨어나도 생시의 현실 자체가 또 하나의 악몽 같은 장면을 보여준다. 창밖엔 모래바람이 불고 그 바람 속을 불길한 예언처럼 신문배달 소년 하나가 황망히 지나가며, 한치 앞도 내다볼 수 없는 막막한 안개가 화자의 목을 조이는 것이다. 이것은 이미 시대현실과의 싸움이라기보다 현실의 압박에 짓눌린 신경증적 자기학대라고 해야 할지 모른다.

2

후일 권지숙은 「시가 내게 오지 않았다」란 작품에서 문단에 나올 무렵 자신의 삶이 "말이 아니던 시절"이라고 요약하고 있다. 그리고 그는 자신이 시인으로 등장한 일을 "비분강개 하나로/어린 미혼모처럼 덜컥/들어선 시의 길"이라고 표현하고 있다. 심신이 공히 견디기 힘든 고통 속에 빠져 허우적거리다가 아무런 준비 없이 시인이 되었다고 털어놓은 것인데, 다음 구절도 그 시절의 죽음 같은 삶의 역설적 자유를 노래하고 있다.

죽었지만 숨은 쉬었어
살았지만 움직이진 않았지
붉은 흙더미 속

간혀 있어 오히려 자유로운

한시절 바람 빠진 공처럼

그렇게 죽어지냈지

—「실눈 뜨고」 앞부분

　권지숙의 인생역정과 관련하여 이 작품이 주목되는 것은 여기 묘사된 극한적 상황이 당면한 현재가 아니라 한 고비 넘긴 과거라는 점이다. 그는 최악의 상태에서 겨우 벗어나 한숨 돌리면서 '죽어지낸 한시절'을 반추한다. 이제 그는 새 삶을 위해 어디론가 떠날 수 있게 되었는데, 실제로 그는 소문 없이 서울 문단을 떠났던 것이다. 그로부터 상당한 세월이 지나고서 발간된 『창작과비평』 1996년 봄호는 흥미롭게도 꼭 20년 만에 권지숙의 시 두 편을 실어, 문학적 실종으로부터의 그의 시적 생환을 알리고 있다. 「다시 서울」과 「겨울비 오는 날」이 그 시편들이다.

　「다시 서울」에서 권지숙은 모처럼 자신의 개인사를 입에 올린다.(아마 그런 점이 쑥스러워 그는 이 작품을 시집에서 빼버렸을 것이다.) 제목이 말해주는 것처럼 그는 '도망치듯' 서울을 떠났다가 중년의 두 아이 엄마가 되어 '다시 서울'로 돌아온다. 이 작품은 이렇게 돌아온 화자가 오랜만에 인사동 거리에 나갔다가 옛 지인을 만나고, 이를 계기로 그 지인의 변해버린 모습과 자신의 지난날을 교차시

키면서 현재의 소회를 토로하고 있다. 이 대목에서 우리의
관심을 끄는 것은 물론 '못난 서울 붙드느라' 살이 빠지고
허리가 휘어버린 그 지인의 근황이 아니라 시인 자신의 이
력이다.

　　그해 여름
　　도착점이 다시 출발점이 되어버린
　　남대문 기둥 뿌리째 흔들리는
　　서울이 지겨워
　　5톤 트럭에 꾸역꾸역
　　짐 싣고 떠났지
　　싫증난 애인마냥 버려두고

이어서 그는 이렇게도 회고한다.

　　나 혼자 따뜻한 남쪽나라
　　두루 돌며 80년대를
　　한걸음에 건너뛰는 동안
　　글 한줄 안 쓰고 편안할 동안

　　　　　　　　　　　　　　　　　　—「다시 서울」 부분

이처럼 그는 저 치열한 격동의 연대를 멀리 떠나 따뜻한 남쪽나라에서 편안하게 지냈다고 말하지만, 그의 내면도 마찬가지로 고요했을 리는 없다. 짐작건대 그는 시대현실 중심부의 동향에 촉각을 곤두세우되 주변부의 편안한 사생활에 매몰되어 있는 자신의 분열된 삶을 불편한 심기 속에서 견뎌냈을 것이다. 「다시 서울」에는 바로 그러한 자기분열의 곤혹과 자책감이 반영되어 있다.

「겨울비 오는 날」에는 그처럼 현실적 거점을 상실한 자의 실존적 자의식이 '나뭇가지 위에서 솜털 세우고 오소소 떨고 있는' 한 마리 새의 고독한 형상으로 그려진다. 「아우를 위하여」나 「야행기」의 저항적 열정을 기억하는 독자라면 이 작품에 이르러 비로소 권지숙 문학의 변모를 실감하게 될 것이다. 그런데 「겨울비 오는 날」은 상당 부분 개작되어 「새」라는 제목으로 이 시집에 수록되어 있다. 이제 개작된 텍스트를 읽어보자.

해는 지는데 나뭇가지에서 떨고 있다
가야 할 길과 지나온 길을 지우며 등 구부려
가야지 가야지
찢긴 플래카드처럼 낙심에 떨며
차가운 낮달 사이로 흩뿌리는 겨울비
머리 기댈 마른 잎 하나 없는 굴욕의 빈 가지 위에서

저 무한천공 갈 길은 아직 먼데
감기는 눈 치켜뜨며
정신 차려 정신 차려야지
온몸 쪼아대는

—「새」전문

'찢긴 플래카드처럼' '차가운 낮달 사이로' '마른 잎 하나 없는 빈 가지'들의 이미지는 사유의 부정성이라는 면에서 여전히 초기시의 세계를 연상시킨다. 그러나 이 작품의 근본적 지향점은 시대현실과 시인 사이의 외면적 불화가 아니라 '새'로 표상되는 고독한 자아의 벌거벗은 초상화를 그리는 것이다. 이제 시인의 눈길은 자아의 내부를 향해 가차없이 집중된다.(그런데 「겨울비 오는 날」과 「새」 가운데 어느 것이 더 정리된 작품인지, 몇차례 읽어도 나로서는 판별이 쉽지 않다.)

이렇게 살펴본다면 '나 혼자 편안히' 보낸 젊은 엄마의 나날이 실은 진정한 안식으로부터 멀리 떨어진 방황의 나날일 수도 있었음은 어렵지 않게 감지된다. 다음에 예시하는 두 작품은 시인이 겪었던 거의 똑같은 현실적·심리적 상황을 섬세하게 다듬어진 비유와 절제된 언어로 형상화하고 있어 애틋한 감동을 준다.

아이는 끝없이 졸라대고
벌은 머리 위로 윙윙대고
아카시아는 허리 휘도록 웃고
풀은 자꾸만 밟히고
들꽃은 하얗게 바래가고
머리칼은 자꾸만 눈을 가리고
눈물은 입속으로 흘러들고

—「언덕에서」전문

우는 아이를 업고
낯선 길을 한없이 헤매었다

길 위에 던져진 무수한 신발들 중에
내 신발 찾다 찾다 잠이 들었다

붉은 황톳물 넘치는 강을 내려다보며
해가 지도록 울었다

그렇게, 한 해가 갔다

—「길 위에서」전문

앞의 시에서 아이·벌·아카시아·풀·들꽃·머리칼·눈물의 단순나열처럼 보이는 평면구조 안에는 실은 단순치 않은 심리적 추이의 점층법이 들어 있다. 행마다 바뀌는 장면들의 파노라마는 등장인물의 내면을 야외의 롱테이크 촬영으로 표현하는 영화적 기법을 떠올리게 한다. 뒤의 시에서 시인은 이런 정교한 기법을 구사할 여유를 찾지 못할 만큼 정체성의 혼란에 빠져 있다. 두 작품 모두에서 화자를 결정적으로 구속하는 것은 아마 '아이'일 것이다. 아이는 끝없이 졸라대거나 한없이 울어댐으로써 화자를 자아상실의 위험에서 간신히 지켜준다.

3

시인으로 등단하고 나서 35년 만에 처음으로 시집을 내는 것은 우리 문단에서도 희귀한 사례에 속할 것이다. 그러나 권지숙의 이 시집은 단순히 그런 희귀성 때문에 화제에 올라서는 안된다. 왜냐하면 작품들 자체의 문학적 완성도가 그의 침묵과 과작에 대해 다른 종류의 해석을 할 것을 요구하고 있기 때문이다. 서울을 떠나고서 '글 한줄 안 쓰고' 15년을 보냈다고 그 자신이 말한 바 있고, 문단에 복귀한 뒤에도 그가 부지런히 시를 쓴다는 증거를 보인 적이 없음은 다 아는 사실이다. 그렇다면 묵독(默讀)이란 말에 빗대어 그는 묵필(默筆)의 형식으로 남모르게 시를 써왔단 말인가. 이 의문은 뒷날의 숙제로 남겨놓은 채, 여기서는 '길'을 주제로 한 그의 아름다운 시 몇편을 감상하기로 하자.

조금 전에 읽은 「길 위에서」의 길은 주인공의 방황이 이루어지는 공간으로서의 낯선 길이었고, 그래서 "길 위에 던져진 무수한 신발들" 중에 "내 신발 찾다 찾다 잠이" 든 위태로운 길이었다. 그러면 「빈 길」은 어떤가. "지난밤 꿈속에 당신과 있었어요/아시지요 그 길"──이렇게 시작하는 이 시에는 '아버님께'라는 부제가 붙어 있다. 지금은 이 세상 사람이 아닌 분에게 소곤거리듯 바치는 헌시(獻詩)이면서 뜻밖에도 애절한 연시(戀詩)의 가락을 띠고 있다. 사실 헌시와 연시는 서정시의 기본형식인데, "마른 강이 저녁빛에 붉어지던/그 낯익은 길"이 문득 "칼바람 부는 빈 길"로 변해버린 것을 발견한 데서 오는 상실감과 공허감이 이 작품을 서정시 본래의 형식으로 돌아가게 했을 것이다. 반면에 「먼 길」은 어머니가 떠난 죽음의 길을 노래한다. 어머니의 죽음에 가슴 저리지 않은 사람이 없을 테지만, 권지숙은 새(「먼 길」), 별(「임종」), 나비(「나비, 날아가고」) 등 어머니를 상징하는 동일계열의 이미지를 빌려 어머니와의 이별을 못내 서러워한다.

「길」 또한 서정시의 오랜 주제를 다루고 있다. 그것은 고향으로 가는 길이다. "마을과 작은 산과 긴 강을 지나/눈 감고도 찾아갈 수 있는 길/눈 감으면 더 환한 길"이란 구절은 어떤 점에서는 낡고 닳은 표현이다. 그럼에도 이 시가 실내악처럼 또는 수채화처럼 쩡한 울림을 주는 것은 여기 묘사된 고향이 오늘의 현실에서는 이 세상 어디에도 존재하지 않는 허구가 되어버렸기 때문이다. 고향으로 가는 기억여행의 도정에서 만나게 되는 작품이 「밤길」이다. 이 작품은 화자가 겪은 대여섯살 어릴 적의 일을 마치 신경숙의 어느 단편소설 한 토막 같은 느낌이 들도록 설화적으로 풀어내고 있다. 전문을 옮긴다.

　　반달이 희미하게 비춰주는 산길을 엄마와 가고 있다 어디로 가는지

　　왜 가는지 엄마는 말하지 않고 나도 묻지 않는다 오일장이 서는

　　장터 가는 길 내 동무 양순이네 집으로 가는 길 너무도 익숙한

　　그 길을 엄마는 내 손을 꼭 잡은 채 땀이 배도록 꼭 잡은 채

　　앞만 보고 가고 있다 부엉이 우는 소리에 머리끝이 쭈뼛 선다

엄마가 찾아간 곳은 장터 끝 작은 집 엄마는

망설임 없이 찔레덩굴 우거진 뒤꼍을 돌아 작은 봉창

틈을

오래 들여다본다 나는 갑자기 오줌이 마려워서 동동거

리다가

뒤꼍 모서리에 앉아 오줌을 눈다 대여섯살 적의 일

이다

돌아가는 길은 달이 구름 속에 숨어 온통 깜깜했고 엄

마는

몇번이고 발을 헛디뎠다

그날 밤에도 아버지는 집에 들어오시지 않았다

—「밤길」전문

이 작품의 텍스트는 특별한 시적 장치를 내장하고 있지
않아 순탄하게 읽힌다. 우리는 수십년 전의 아련한 풍경 속
으로 돌아가 시장통 작은 집을 둘러싸고 벌어지는 아버지
와 엄마의 숨겨진 사연을 목격하는데, 화자인 어린 '나'는
어른들의 은밀한 갈등을 짐작조차 못한다. 이 작품을 「아버
지는 웃고 계시고」에 대비하면 더 흥미로운 스토리가 구성
된다. 바람을 피우던 아버지는 세상을 떠났고 여든여섯 어
머니는 조그맣게 쪼그리고 앉아 있으며 어린 나는 어느덧

서른아홉 아버지가 아들처럼 보이는 나이가 되었다. 시간의 파괴적 리듬이 만들어낸 이 덧없음이야말로 권지숙이 이 시집에서 여러 길들의 착종을 통해 말하고자 한 것인지 모른다. 그것은 시인의 인생행로에 대응되는 성찰적 깨달음이다.

廉武雄 ｜ 문학평론가

모아놓고 보니 내 게으름과 부족함이 너무 적나라하여 민망하다.

엄살과 비명까지 곳곳에 보여 더욱 부끄럽다. 그러니 너무 속속들이 읽지는 마시고 곁눈으로 대강 훑어보시길 부탁드린다.

변변찮은 것들이나마 친정인 창비에서 묶어내게 되어 기쁘고 고맙다.

오랜 인연에 밀려 발문까지 맡아주신 염무웅 선생님께 두손 모아 절 올립니다.

또한 바쁜 중에도 추천사를 써주신 친애하는 정호승 형 고마워요.

둘러보니 온통 빚진 분들이다. 젊은 날 열정을 나누던 김창완, 김명인, 정호승, 이종욱 형, 그리고 언제나 정겨운 '櫻櫻詩社'의 천양희, 이시영, 김사인, 임규찬, 신경숙 선후배님들의 따뜻한 독려에 크게 신세졌다. 그 외에도 만날 때마다 격려해준 문우들이 적지 않으니 나는 행복한 사람이다. 두루 감사드린다.

이 시집이 모자란 엄마를 잘 견뎌준 석원 신영에게 변명이라도 되었으면 싶다.

2010년 12월
권지숙

창비시선 325

오래 들여다본다

초판 1쇄 발행 / 2010년 12월 27일

지은이 / 권지숙
펴낸이 / 고세현
책임편집 / 전성이
펴낸곳 / (주)창비
등록 / 1986년 8월 5일 제85호
주소 / 413-756 경기도 파주시 교하읍 문발리 513-11
전화 / 031-955-3333
팩시밀리 / 영업 031-955-3399 편집 031-955-3400
홈페이지 / www.changbi.com
전자우편 / literat@changbi.com
인쇄 / 한교원색

ⓒ 권지숙 2010
ISBN 978-89-364-2325-4 03810